Kadlin Mallet

Als Kind wollte Kadlin Mallet für immer träumen. Von anderen Welten und von anderen Zeiten. Von Drachen, die durch ihre Stube kreisten und einem Universum über ihrem Bett. Groß und Weit war es und die Schwärze gefüllt mit strahlenden Ideen.

Als Erwachsene greifen ihre Gedanken nach den Sternen, während Hände über die Tastatur tanzen. Mal schreibt sie dann, mal verliert sie sich in einem guten Game und Unterhaltungen mit Freunden.

Und dann pirscht sie mit der Kamera in der Hand hinaus und macht Bilder von Himmel, Blatt, Baum, Blüte, Frosch...

An ihrer Seite: Ihr Freund und der Abenteuer-Plüschpinguin TP, die den Weg ins nächste Abenteuer weisen.

Tanz mit mir, mein Freund.

So lernen Träume fliegen.

ISBN Softcover: 978-3-347-84041-6

Druck und Distribution im Auftrag :
tredition GmbH, An der Strusbek 10, 22926 Ah-
rensburg, Germany

Inhaltsverzeichnis

Pray, my dear - Prolog

»Verfluchtes Volk! Verstecken sollte man sie. Wegsperren gar!«

Der Platz war gut gefüllt und unzählige Menschen drängten sich vor Rednerpulten. Die Männer und Frauen dahinter, alle gekleidet in bunte Stoffe und glitzerndem Schmuck. Hüte und Stehkrägen verbargen ihre Gesichter, aber die dunklen Augen, die sie sehen konnte, ängstigten sie. Da war kein Funken Wärme, keine Herzensgüte. Nur abgrundtiefe Kälte. Hass und strenge Worte.

Der Masse gefiel es, sie hingegen verstand nichts. Die Redner nicht – was war ein Fluch? – und die Aufregung darum noch viel weniger – Verstecken, war es denn geheim?

»Worüber reden sie da, Mutter?« Das Mädchen beeilte sich, mit den Schritten mithalten zu können, die hier auf dem Platz plötzlich weiter und ausladender geworden waren. Wegführten von dieser Masse und den seltsamen sprechenden Hüten im Schatten eines großen Gebäudes. Der Ratskammer? Zumindest hatten die Erwachsenen dieses seltsame Wort benutzt.

»Nichts Wichtiges, mein Kind.« *Wirklich?* Das sah ganz anders aus.

»Komm' mit.« Ihre Mutter nahm ihre kleine Hand und plötzlich war da wieder Wärme. Ein Sonnenstrahl auf ihrer Haut, der durch die Wolkendecke brach.

»Aber es stehen so viele Leute da!« Sie warf einen Blick über ihre Schulter zurück, sah Johlen und Klatschen nach weiteren Worten: »Wegsperren? Ich sage: Nein! Im Kampf kann uns die Fähigkeit, die der Fluch mit sich bringt, von Nutzen sein! Lasst sie Kämpfen, bis wir die Dämonen zurückgedrängt haben – für unser Land, für unsere Freiheit!«

Ein Raunen und die Schritte der Mutter wurden schneller.

»Welcher Fluch? Und was für Dämonen?«, wollte das Mädchen wissen. Etwa die unter ihrem Bett? Aber die gab es doch nicht, das hatte ihr Vater doch versichert! Oder die, von denen alle nur hinter vorgehaltener Hand sprachen? Die, die plötzlich seltsamen Mustern entstiegen waren, die sich immer weiter ausbreiteten? Sie hatte das Flüstern gehört, verstehen aber... Es war seltsam. Linien und Kreise tauchten doch nur auf, wenn man sie selbst malte, nicht aus dem Nichts an Boden und Himmel! Sie schüttelte den Kopf. Komische Erwachsene.

Das Mädchen erhielt keine Antwort, die bekam sie nie, wenn sie genauer nachfragte. Was sie stattdessen sah, war Angst und Unbehagen in der Mimik ihrer Mutter.

»Mutter?«, fragte das Mädchen dennoch. Vielleicht hatte sie ja heute mehr Glück?

»Nichts, womit wir uns beschäftigen wollen, Kind. Bete nur, dass es keinen von uns treffen wird.«

Beten? Wofür beten, wenn sie nicht einmal wusste, was es war? Oder wofür?

»Und träume nie, mein Kind.« Eine Hand auf ihrem Kopf. »Träume nie.«

Kein Traum, wie schade! Ihre Freunde redeten doch ständig über den Traum ihrer Zukunft!

Just one Dance

*Heute Nacht hab' ich geträumt. Ein
Kuss von kalten Lippen, ein Hauch auf
meiner Stirn. Danach kam unsagbare
Kälte, und flüsternde Worte in meinem
Inneren:* Berste, breche, brenne! Friere!
*Ein langer Schrei und die Welt hatte
sich geändert.*

*Kribbeln in meinen Händen und ein
einziger Drang: Hinaus, alles hinaus!
Zerstört die Welt, ein einzelnes Chaos
um das fröstelnde Flammen zuckten.
Ein einzelnes Gesicht in ihrem Kreis
durchzogen von zuckenden Mustern. Es
lachte unter dunklen Augen.*

*Das Leben am Morgen. Es war ein ande-
res. Bitterkalt und voller Einsamkeit hin-*

ter berstendem Schmerz und brennen-
den Fingern.

»Gehabt euch wohl.« Ein letzter Satz
vor langem Weg. »Gehabt euch wohl...«

Die Eltern, Freunde, Geschwister nur
noch winkende Silhouetten, die schnell
verschwanden.

You and me: bittersweet

Knistern, Knirschen, lautes Rauschen
und eine Gänsehaut, die meine Arme
hinabjagte.
Es ist noch immer da. Ich schluckte und
meine Füße, die kleine Kreise in den
Staub malten und wieder verwischten,
stoppten ihren Lauf. Nach all den Stun-
den war es noch immer da – schwer wie
Gewitter –, und ich konnte es so über-

deutlich spüren, als wäre der letzte Zauber gerade erst gesprochen worden.

Ich zog den Kopf ein und wagte einen Blick in den Himmel: Muster. Kleine Linien und Kreise, kaum zu sehen und bereits dabei, zu verschwinden. Wahrscheinlich sah sie auch niemand der anderen mehr, nur noch ich – und die anderen Verfluchten.

Meine Finger kribbelten unter den Bandagen und summten – *bre*-. Ich ballte sie zu Fäusten und schüttelte den Kopf. Weg mit dem Gedanken! Ich wollte ihn nicht fühlen, wollte ihn nicht hören! Und trotzdem war er da, tief in mir, ein kaltes Flüstern, wie immer seit diesem Traum. *Verdammter Fluch!*

»Denk nicht dran«, flüsterte ich leise. Doch das Jucken in meinen Händen blieb. Das Knistern in der Luft schwand nicht und auf meiner Zunge schmeckte ich Magie. Verfluchte Magie! Meine Beine spannten sich an, die Hände verkrampften und ein Knoten bildete sich in meinem Bauch.

»He!«

Ich blinzelte und sah auf. Es kam selten vor, dass man mich so direkt ansprach. »J-ja?«

»Dein Stockbrot.« Und dann auch noch von... *ihm?* Aber nein – ich schüttelte innerlich den Kopf – *seine* Stimme war melodischer und nicht so tonlos. Ich hatte ihr hier in diesem Lager oft gelauscht, nachdem er und die anderen sich dem Heer angeschlossen hatten. Wahrscheinlich hätte ich sie selbst dann erkannt, wenn sie nur ein Flüstern im Wind gewesen wäre – ein melodisches Flüstern im Wind.

»Mein…« Ich blinzelte abermals, als schlanke Finger vor mir auftauchten und ein süßer Duft meine Nase kitzelte. Sofort atmete ich tief ein und Wasser lief mir im Mund zusammen. *Mein Stockbrot.* Wie hatte ich das nur vergessen können!

»Danke!«, sagte ich und griff nach dem Stock. Ich sah von meinen verkrampften Fingern auf. Und erstarrte. Das war doch… *er?* Ungewöhnlich, er war so anders als sonst!

Helle Augen trafen meine. Auch er lächelte, aber da war kein Leuchten, das mich immer so sehr faszinierte. Kein warmes Glitzern, nur ein müder Blick und dunkle Ringe darunter.

Seltsam, dachte ich und legte den Kopf schief. Aber er sah aus wie immer – nun, wie immer nach einem Kampf:

die langen Haare waren zu einem Dutt an seinem Hinterkopf gebunden. In einer langen Strähne an seiner Stirn war eine Feder eingeflochten und seine lederne Kampfkluft mit Bogen und Messer war einer weiten Hose, Stiefeln und einem Hemd gewichen. Der einzige Unterschied zu sonst, der mich ein wenig irritierte: Über dem Hemd trug er eine einfache Weste. Nun, sofern man elfische Kleidung als *einfach* bezeichnen konnte. Der Stoff sah weich wie Seide aus und war reichlich verziert mit bunten Pflanzen und grünen Strickmustern, die sich selbst noch über seine Hose wanden.

Hitze brannte in meinen Wangen und ich beeilte mich, woanders hinzusehen. Er sah aus als sonst und wahrscheinlich starrte ich schon wieder – auch wenn sein Aussehen ein herber Kontrast zu seinem Auftreten war.

»Ein Lächeln.« Ich wusste es. Das schlich sich immer auf meine Lippen, wenn ich an ihn dachte. Oder ihn sah. Oder er auch nur irgendwie involviert war. Es war... ich war... *verliebt.* Oh, bitte lass es ihn nicht bemerkt haben. Es war mir ja selbst schon unangenehm genug! Ich als Mensch – Verfluchte! – in ihn, einen Elfen. Einem Wesen aus Fabeln und Legenden und nun fleischgeworden in diesem Kampf gegen Dämonen und ihre Muster.

»Es sieht bezaubernd aus.« Es... es tat was? Mein Herz setzte einen Schlag aus und raste dann gegen meinen Brustkorb. Damit hatte ich nun gar nicht gerechnet! Er fand es bezaubernd. *Er!*

Ein Lächeln folgte. Ich kannte Schöne-
re vom ihm und doch, ich hätte schmel-
zen können.

»D-danke«, sagte ich leise und atmete
tief durch. Warum war ich plötzlich so
nervös? *Wegen ihm, er ist so schön
nahe,* flötete eine Stimme in meinem
Kopf.

Er ging nicht, so wie es jeder andere
getan hätte. Stattdessen griff er sich
selbst einen Stock und schielte zu dem
Platz an meiner Seite. Hu? Er wollte
doch nicht wi-

»Ist hier noch frei, Finya?«, fragte er
und kratzte sich am Hinterkopf.

Ich blinzelte – wieder, wenn das so
weiterging, sorgte er dafür, dass ich den
ganzen Abend so verbrachte! – und
starrte neben mich. Der ganze Stamm
war noch frei, zwei Bänke daneben, eini-

ge Plätze auf der anderen Seite des Feuers. Dort, wo auch die anderen Elfen hockten und lachten und er wollte ausgerechnet hier bei mir sitzen?

»Ja, sicher«, sagte ich. Träumte ich? Ich musste!

»Wunderbar.« In einer derart fließenden Bewegung, wie ich sie bisher nur bei Elfen gesehen hatte, ließ er sich neben mir auf dem Stamm nieder. Er wirkte nicht entspannt, aber durchaus zufrieden und streckte seine Füße dem Feuer entgegen. Der Schein der Flammen zeichnete Schatten auf seine Stiefel und Hosen, die die eingestickten Muster lebendig aussehen ließen. *Wie Blätter im Wind,* dachte ich fasziniert.

Ich spürte seine Wärme an meiner Seite, obwohl wir uns nicht berührten, und atmete seinen Duft nach Blüten und

Wiese tief ein, der so gut zu dem Schattentanz auf seiner Kleidung passte. Ein Flattern in meinem Bauch, ein Kribbeln und ich hoffte wirklich, dass er nichts davon bemerkte. Oder ahnte, was seine Nähe alleine in mir auslöste – sein Geruch nach Natur, der hier im schlammigen Lager durch und durch ging.

Ich nestelte an einer Falte im Stoff meines Rocks, während ein einziger Gedanke durch meinen Kopf tanzte: *bezaubernd, bezaubernd, bezaubernd.*

Ein Kichern wollte mir entkommen. Wie eines dieser verliebten Mädchen und es kostete mich alle Mühe, es nicht zu tun. Nur das Lächeln, das konnte ich nicht verhindern, oder das Prickeln auf meinen Wangen.

Ein Seitenblick. Hinauf von den Naturstickereien auf seiner Hose, über die

rechte Hand, die den Brotstock hielt –
verkrampft, wie ich verwundert feststellte – bis ich an seinem feingeschwungenen Gesicht angekommen war. Es lag
keine Emotion darin, kein verkrampfter
Kiefer, keine faltige Stirn, nur ein Gesicht wie aus Stein gemeißelt und fast
ebenso blass.

Kein Lächeln, dachte ich. Ich mochte
es gerne an ihm, so ohne wirkte er irgendwie abwesend. Und vielleicht war
er das auch? Ich wusste es nicht.

»Meinst du das ernst?«, fragte ich leise. Wenn er es hörte, könnte er darauf
antworten, wenn nicht, dann hatte ich
meine Antwort und würde ihn mit seinen Gedanken in Ruhe lassen.

Es war still auf meiner Seite des Lagerfeuers – der verfluchten Seite, wie
ich sie gerne nannte – nur das Knistern

des Feuers und das Johlen der anderen, ein Raunen in der Nacht, in das sich sein Schweigen bestens einfügte. Denn natürlich hatte er nichts gesagt.

Ich griff zu meinem Stockbrot, das neben mir in der Erde steckte und lange abgekühlt war, als er plötzlich blinzelte und ich den Blick seiner hellen Augen auf mir spürte. Er reagierte doch noch?

»Hattest du etwas gesagt?« Ein Glitzern, das sofort wieder erlosch und ihn nun nicht nur abwesend, sondern auch stumpf erscheinen ließ.

»Ja.« Ich schob den Gedanken beiseite. »Hast du das mit dem Lächeln ernst gemeint?«

Seine Mundwinkel zuckten. Ein beginnendes Lächeln oder doch etwas anderes? Dann brach er ein Stück Brot vom Stock und zerbröselte es zwischen seinen Fingern, bis der Boden zwischen seinen Beinen von Krumen übersät war. Ich beobachtete ihn gespannt und so langsam überkam mich das Gefühl, dass heute etwas passiert war, während wir Verfluchten die Muster im Sand und in der Ferne zerstört hatten.

Aber hätte ich das nicht lange erfahren, und sprach die feiernde Meute auf der anderen Seite des Lagerfeuers nicht Bände? Vielleicht, als Verfluchte hatte ich schon viel zu oft als Letztes mitbekommen, was vorgefallen war. Oder das etwas vorgefallen war.

»Jedes Wort.« Mein Herz! Ich hielt die Luft an. Hatte ich richtig gehört?

Mein Lächeln, es sieht bezaubernd aus! Er fand es bezaubernd!

Er zuckte mit den Schultern, auf den Lippen nun ein leichtes Schmunzeln.

»Ehrlicherweise wusste ich auch gar nicht, dass du überhaupt lächeln kannst.«

Ich stieß einen Schwall Luft aus. »Was?«

Dabei war er es doch, der mich immer wieder dazu bringen konnte! Ein Gedanke und meine Mundwinkel schwebten, ein Blick und es war da!

Er hat es nicht bemerkt, stellte ich ernüchtert fest. Nichts davon.

Meine Schultern sackten nach vorne und meine Hände fühlten sich so leer an. Fast leer, wären da nicht die Bandagen gewesen.

»Entschuldige«, sagte er, doch ich schüttelte den Kopf. Er konnte nichts dafür. Es war nur seine Wahrnehmung – und meine Wirkung auf andere. Das Los einer Verfluchten, die ohnehin nicht viele Gründe hatte, zu Lächeln. Obwohl, wusste er überhaupt davon?

Ich schüttelte erneut den Kopf. »Schon gut. Ist es schlimm so ohne...« *Lächeln*. Denn wenn ich damit bezaubernd aussah, wie wirkte ich ohne?

»Schlimm?« Er zog die feingeschwungenen Augenbrauen zusammen, bis sie eine Linie unter seiner gekräuselten Stirn bildeten. Verwirrung wechselte sich mit Überraschung ab und sein leichtes Schmunzeln wurde zu einem Lächeln mit kleinen Grübchen in seinen Wangen. Oh, es war so schön!

»Du siehst eher zielgerichtet aus. Wie jemand, der weiß, was er will. Und manchmal verkniffen.«

»Ah...«, sagte ich, weil ich nichts anderes zu erwidern wusste. Zielgerichtet... der weiß, was er will. Meine Hände ballten sich zu Fäusten, bis die Bandagen in mein Fleisch schnitten. Natürlich wusste ich das – der Fluch sollte endlich verschwinden! Am besten mitsamt dieser Muster – aber das war nichts, auf das ich wirklich selbstständig und aktiv hinarbeiten konnte. Nichts, was ich in der Hand hatte...

Ich fuhr mir über mein Kinn und Wange, berührte nachdenklich meinen Mundwinkel, ehe ich mir seinem Blick bewusst wurde. Aus diesen hellen Augen, über die nur Elfen verfügten und in deren Schein ich schier versinken könnte.

Oder verkniffen, Finya, fügte eine Stimme in meinem Kopf an und holte mich zurück. Na wunderbar.

Er lächelte wieder und dieses Mal wirkte es so herrlich deplatziert wie er selbst an diesem Feuer – und meine eigenen Gedanken. »Manchmal starrst du auch einfach nur in den Himmel.«

Das war ihm aufgefallen nicht aber, was es mit mir machte? »Und lächle.«

»Tust du?«, fragte er. Eine Braue wanderte in seine Stirn.

Ich nickte. »Der Anblick des Himmels entspannt mich, und wenn dann noch ein laues Lüftchen weht...«

Ich schloss für einen Moment die Augen und atmete tief ein. Dann konnte ich die Welt um mich herum ausblenden. Meinen Fluch, die Sondereinsätze, die mich viel zu nahe an die Muster führten und den Ort, an dem ich mich befand. Ich konnte mir vorstellen, auf dem Marktplatz meiner Heimat zu sein, meine Mutter neben mir, hörte das Lachen meiner Freunde... Es war eine Illusion, der ich mich nur zu gerne hingab, auch wenn sie sehr wackelig war und sofort verblasste, öffnete ich meine Lider wieder. Oder hörte die Hammerschläge der Schmiede, das Brüllen von Befehlen oder das Klappern von Rüstungen.

»… es hilft zu vergessen.«

Seine Ohren zuckten und kurz spähte er zu den anderen Elfen. »Was willst du vergessen?«

Konnte ich es ihm erzählen? Ich seufzte. Nicht alles, nicht, wenn ich wollte, dass er blieb. Die Bandagen drückten gegen meine Haut.

»Meine Sonderaufgaben hier.« Das sollte allgemein genug sein.

»Bist du deshalb nie unter der Haupttruppe auf dem Schlachtfeld?« Ich verspannte mich. Meine Muskeln schmerzten und ein Schrei der Erinnerung zuckte durch meinen Kopf: *Brenn'!*

Und sie hatten gebrannt heute. Die Muster im Sand, aus denen diese gehörnten Wesen gekommen waren. Die Wesen selbst, die nur Momente später von Eis getroffen und vom Blitz erschlagen wurden – und wer das überlebte, außerhalb der Reichweite der verfluchten Magie war, wartete auf Pfeilhagel und Schwertstreich.

Zerstöre! Ein Flüstern zwischen den Lagen meiner Bandage, ein Kribbeln in meinen Händen, das im Gleichklang mit der Magie in der Luft summte. *Chaos!*

»Finya?« Eine Hand auf meinem Arm und ich zuckte heftig zusammen. »Alles gut? Dein Ausdruck sah beängstigend aus…«

»Beängstigend?«, formte ich tonlos und spannte die Muskeln meiner Arme an, bis der Schmerz das Flüstern erstickte und nur das Summen blieb. In mir oder über mir? Ich wusste es nicht, wusste nur, dass es da war, noch immer.

Ich fröstelte und da war das Gefühl von kalten Lippen auf meiner Stirn. Nicht real, nur Einbildung und trotzdem erschauerte ich und bemerkte ein Zittern in den Händen. Verdammter Fluch! Ein Kichern in meinem Kopf, das zu einem Rauschen anschwoll.

Konzentrier' dich nicht darauf, Finya! Denk' an das Hier und Jetzt! Ich klopfte mir gegen die Wangen, bis ich das leise Raunen um mich herum wieder hören konnte. So war es doch schon viel besser.

»Finya?« Er erschien vor mir, das Gesicht von Sorge gezeichnet und es tat mir leid. Er kannte den Fluch nicht, seine Auswirkungen nicht: Nicht den Drang, zu zerstören, nicht das Flüstern, in dem man sich verlieren konnte.

»Alles gut.« Er war wenig überzeugt, natürlich, ich wäre es auch nicht gewesen. »Nur Bilder.«

Nicht die Wahrheit, aber nah dran und so fühlte sich die Lüge gleich viel besser an. Insbesondere ihm gegenüber.

Er drückte sanft meinen Arm und aber die Sorge schwand aus seinem Gesicht, bis er nun neutral wirkte. Zumindest nicht mehr abwesend. Ein Fortschritt, oder?

»Ich hätte nicht so neugierig sein sollen.«

»Aber ich kann es verstehen, ich wäre es auch gewesen.« Das war ich als Kind bereits gewesen und hatte zu allem Fragen gestellt, was um mich herum passierte. Nicht immer gab es eine Antwort und oft guckte ich alleine danach, aber nur so konnte man Neues lernen.

»Du?« Seine Augen leuchteten auf und mit ihnen mein Herz. Wie das Glitzern der Sterne, ein Funkeln in der Nacht. »Das hätte ich nicht gedacht.«

Natürlich nicht. Der Fluch verhinderte, dass ich mich so offen bewegen konnte, wie ich wollte. Die Menschen hatten Angst in meiner Nähe zu sein und nur wenige Elfen mischten sich unter die Menschen – so wie es in den Geschichten, die ich als Kind über sie gelesen hatte.

»Trotzdem war es unangebracht. Besonders heute…«

»Heute?«, fragte ich. Was war so besonders an heute? Sie hatten Muster zerschlagen, Dämonen zurückgedrängt, wie sie es immer wieder taten.

»Die Schlacht«, presste er hervor. »Nach all den Kämpfen. Es war unangebracht heute danach zu fragen. Und ich hoffe, du kannst mir das nachsehen?«

Oh, natürlich. Der Kampf. Für die Elfen war das noch etwas Besonderes, sie waren noch nicht lange hier, erst seit die ersten Muster auch den Waldrand erreicht und immer mehr dieser fremdartigen Wesen auf Wiesen und Lichtungen entdeckt wurden – und wie überrascht ich gewesen war, sie zu sehen! Ich kannte sie nur aus den Büchern und Erzählungen. *Und natürlich hast du dich gleich hoffnungslos in einen verlieben müssen...*

Für mich hingegen war der Kampf nichts Besonderes mehr, er kam viel zu oft vor. Viel schlimmer war die Magie, die anschließend in der Luft hing... aber das verstanden nur Verfluchte, für alle anderen, war er einfach nur ein Abend nach der Schlacht. Sie nahmen das Knistern und Rauschen nicht wahr, fühlten kein Summen in ihren Händen, hörten kein Flüstern...

»Ist schon fast wieder vergessen. Mach dir keine Sorgen.« *Es war nur ein Kampf,* hätte ich fast angefügt und schluckte die Worte dann doch herunter. Nicht für ihn, für ihn war es mehr – und vielleicht auch der Grund, warum er heute war, wie er war. Außerdem hätte ich ihm vieles Verzeihen können. Allein, weil sich seine Anwesenheit, sein Lächeln und seine Wärme manches Mal schon wie ein Geschenk anfühlten.

»Danke!« Seine Züge hellten sich auf.

Vielleicht doch nicht hoffnungslos verliebt, Finya. Ich blinzelte überrascht. Was war das für ein Gedanke! Er war ein Elf, was sollte er von mir schon wollen – von einer Verfluchten, die beim kleinsten Gedanken an ihre Magie schon Probleme bekam? Bei der leisesten Erinnerung?

Er ist reichlich nervös und daran interessiert, dass du kein schlechtes Bild von ihm hast. Das ist ein Zeichen!

Ein Zeichen? Wie absurd, das war nur Wunschdenken! Trotzdem sah ich in sein makelloses Gesicht, so gänzlich ohne Falten. Ein Lächeln hatte sich über seine Unsicherheit gelegt. Dennoch, ich konnte sie noch immer sehen. Noch immer spüren, und vielleicht, wenn wir schon so miteinander sprachen, konnte ich ihn fragen, was auf seinem Herzen lastete.

»Was ist mir dir?« Seine Augen wurden groß und er zog seine feinen Augenbrauen zu einer schmalen Linie zusammen. »Alles in Ordnung?«

»S-sicher, warum sollte es nicht?«

Nun... ich biss mir auf die Lippen. Wie formulierte ich es passend? Ohne zu sagen, dass das Leuchten in seinen Augen fehlte, ohne zu sagen, dass da keine Melodie in seiner Stimme war, die mein Herz höherschlagen ließ, ohne zu verraten, dass seinem Lächeln die Wärme fehlte – ohne meine Gefühle für ihn offen zu legen! Ich wusste es nicht, wirklich nicht und zögerte, bis mir eine Idee kam: »Nun, du sitzt hier und nicht bei deinen Freunden und hast bis eben sehr... abwesend gewirkt.«

Hinter dem Schein des Feuers tanzten und lachten spitze Ohren in der Nacht. Stießen Krüge aneinander und stopften sich etwas in den Mund, von dem ich nur raten konnte, was es war. Sie wirkten so anders, als er es tat. So ausgelassen und glücklich. Es war... wie das Glitzern der Sterne und das weite Schwarz dazwischen.

»Nicht, dass ich es nicht schätzte. Ich tue es sehr«, ich biss mir auf die Lippen, nun hatte ich es doch ausgesprochen – bestimmt hatte seine Nähe mich verleitet, diese Wärme – und schob eilig hinterher: »Es ist nur noch nie passiert.«

Er lächelte – warm und ehrlich – doch so schnell wie es erschienen war, so

schnell war es auch wieder weg. Kopf-
schütteln, seufzen und er sah zu den anderen Elfen und wieder zurück zu mir.
Seine Hand zuckte, verkrampfte sich
und er seufzte erneut.

»Ich...«, seine Stimme drohte zu bre-
chen, »i-ich bin mir nicht sicher.«

Ich öffnete meinen Mund und schloss
ihn wieder. Was sollte ich darauf sagen?
Ich wusste es nicht und berührte ihn in
meiner Hilflosigkeit an seiner Schulter.
Drückte sie. »Versuch es zu beschrei-
ben? Natürlich nur, wenn du möchtest.«

Er schenkte mir einen langen Blick
aus diesen hellen Augen und für einen
kurzen Moment, sah ich mehr darin
schimmern, als nur die bloße Oberflä-
che. Trauer, Schmerz... Er schüttelte
den Kopf und zog mit seinen Stiefeln
Kreise auf dem Boden, bis die Krumen

unter Sand verschwunden waren, als schätze er ab, was er mir verraten könne – und was nicht.

Dann: »Alles um mich herum feiert nur den Sieg. Freut sich auf den Nächsten. Ich ertrag das nicht, all das... all das...«

In mir zog sich alles zusammen. Mein Magen krampfte, Übelkeit und meine Muskeln spannten. Ich wusste genau, was er meinte.

»Leid«, presste ich hervor und hörte, wie er Luft ausstieß. Und plötzlich war es nicht mehr nur in seinen Augen, seiner Stimme oder Haltung. Plötzlich hing es zwischen uns, greifbar in der Luft und erschwerte das Atmen.

»Ich will, dass es endlich aufhört.«

Ich lächelte schwach. Wer wollte das nicht? Und für ihn hoffte ich wirklich sehr, dass sich die Frontlinien bald weit genug verschoben hatten, dass sein Wald in keiner Gefahr mehr schwebte. Dass wir die Muster schließen und zerstören konnten, die seinen Wald bedrohten. »Nicht nur du. Ich will es auch.«

Seine Mundwinkel zuckten und er sah erst zu den anderen Elfen und dann in den Himmel. »Sie waren so begeistert, dass ich es nicht mehr ausgehalten habe. Und nun«, ich biss mir auf die Unterlippe, ein Stich jagte durch meine Brust und ließ mich erzittern, »hier war frei.«

»U-« Er sah so aus, als wolle er noch etwas sagen. Doch was immer es war, es starb auf seinen Lippen und verblieb nur als unsicheres Glitzern in seinen Augen und einem weiteren Drücken meiner Hand. Ich würde nicht danach fra-

gen. Für mich gab es nur einen einzi-
gen, schmerzhafter Gedanken:

Er saß nicht wegen mir hier – *wirklich?*

Wie konnte ich auch nur einen Moment daran geglaubt haben? Er war ein
Elf, ich nur eine Verfluchte. Natürlich
war da nichts, wie Interesse im Spiel –
oder Neugier. Aber ich hatte wenigstens
einmal hoffen wollen.

Es zog in meiner Brust und wo so viel
Wärme gewesen war, da war jetzt eisige
Kälte, die mich frösteln ließ und ich
wurde mir schlagartig des Knisterns in
der Luft wieder bewusst. Hoch oben
über mir und zwischen meinen Händen.

Es hätte so schön sein können – und
war es doch nicht. Verdammter Fluch.

»Ja.« Ich zwang mit aller Kraft die
Traurigkeit aus meiner Stimme, aus

meinem Gesicht. »Bin froh, dass ich dir helfen konnte.«

Er nickte und wirkte erneut, als wollte er etwas ergänzen. Er tat es nicht und ich sah nach oben – was blieb mir auch anderes? – aber wo vorhin noch das Glitzern war, das Leuchten der Sterne, da sah ich jetzt nur noch die Schwärze dazwischen. Weit und grenzenlos einsam und kalt. Wie es das Los der Verfluchten war. Verdammte Magie!

Nun, aber immerhin waren die Linien und Kreise dort oben inzwischen verblasst. Es sollte mich trösten und tat es doch nicht.

Er hat seine Unruhe mit dir geteilt. Ist das nicht etwas, Finya? Meine Gedanken rasten und ein Pochen schlich sich hinter meine Schläfen. Ja, aber war das etwas Besonderes?

Eure Hände, schoss es durch meinen Kopf und erst jetzt wurde ich mir der kleinen Kreise wieder bewusst, die sein Daumen auf meinem Handrücken zog. Durch die Bandagen spürte ich es nur indirekt, aber dieses Gefühl! Die Sterne glitzerten über uns.

Vielleicht konnte ich ja doch hoffen. Zumindest ein wenig.

»Sag', Finya«, begann er irgendwann. Der Platz war leer geworden, die Nacht kühl und er saß tatsächlich noch hier, neben mir.

Ich drehte meinen Kopf zu ihm, ein *Ja?'* schon auf den Lippen, während das Feuer leise knisterte und das Brennen und Jucken meiner Hände schon lange in ein angenehmes Prickeln umge-schwungen war – durch sanften Berührung –, da sprach er hastig weiter: »Was machst du, wenn das Heer weiterzieht?«

Die Nacht hatte seine Stimme rau werden lassen, wenngleich seine melodische Nuance zwischen einzelnen Wörtern aufblitzte. Sie war wieder da, genauso wie der entspannte Zug in seinem Gesicht, ein sanftes Lächeln und das Leuchten in seinen Augen, wie ich überrascht feststellte, als auch er sich von den Sternen abwandte und wieder zu mir sah.

Wann war das passiert? Irgendwann zwischen unserem Gespräch und dem Verschwinden des Johlen der Kämpfer um uns herum wahrscheinlich. Sicher wusste ich es nicht, ich wusste nur eines: So gefiel er mir wesentlich besser, als so unruhig und niedergeschlagen, wie er vorhin war.

»Wenn das alles vorbei ist?«, fragte ich.

»Ja.« Er nickte und da war ein Leuchten, das meine Seele tanzen ließ. So schön!

Nur, warum zogen seine Stiefel diese Kreise im Sand? Erbauten Dünen, nur um sie sofort wieder einzureißen und warum trommelte er gegen seinen Oberschenkel? Er wirkte... *so nervös.*

Ich runzelte die Stirn und eine Überlegung jagte durch meinen Kopf, die mich innehalten ließ:

War doch ich der Grund, warum er hier saß?

Denn selbst wenn er nur geflohen war, weil ihm das Siegesgejubel auf das Gemüt geschlagen hatte, es waren viele andere Plätze neben mir frei gewesen. Und er hätte kein Gespräch mit mir beginnen müssen, ihm hätte es egal sein können, wie ich seine Worte auffing.

War es das gewesen, was vorhin auf seiner Zunge unausgesprochen geblieben war?

Etwas in mir wollte protestieren, den alten *Elf-Verfluchte-Gedanken* ausspielen, doch ich sträubte mich dagegen. Da war mehr und sein Verhalten war der beste Beweis dafür: Er hätte gehen können, sobald sich die Gelegenheit ergab. Und diese Nervosität, wo er sonst doch immer selbstbewusst war!

Trotzdem, so lange der Fluch auf mir lastete, gab es nur eine einzige Antwort auf diese Frage: »Ich werde mit dem Heer weiterziehen.«

Es hielt meinen Kopf nicht davon ab, Bilder zu zeichnen. Von ihm und mir zu einer anderen Zeit, an einem anderen

Ort. Vollkommen ohne Magie, ohne Verantwortung, und inmitten eines Waldes, über dem hell die Sonne thronte. *Wohnten Elfen in Städten? Oder doch zwischen Baum und Blatt?* Die Frage kam mir naiv vor, aber ich kam nicht umhin mir einzugestehen, dass ich keine Antwort darauf wusste. Ganz gleich, wo sie wohnten, ich wollte es sehen. Genauso wie ich mehr von diesen hellen Augen sehen wollte, die mich so voller Interesse anschauten. So voller...

»Oh.« Er presste die Lippen zu einem schmalen Strich zusammen und seine Finger krampften um ein Stück Rinde, das noch am Stamm klebte.

Hoffnung? Hatte er gehofft, dass wir... dass ich? Flattern in meiner Brust, ein heftiges Kribbeln in meinem Körper. Sofort danach eilte ein Schauer über meinen Rücken und der Nachtwind brüllte mir kalt ins Gesicht. Meine Antwort fühlte sich schrecklich an.

»Tatsächlich?« Ein Schatten legte sich über sein Gesicht. »Ich hatte mit einer anderen Antwort gerechnet. Geho-«

»Gehofft?« Er sah überrascht auf und waren seine Wangen dunkler geworden? Ich hätte gekichert, wenn es die Situation zugelassen hätte. Wirklich. Aber wo es sich eben noch frei und unbeschwert angefühlt hatte, drückte die Luft nun schier auf meine Schultern – und bestimmt auch auf seine.

»J-ja.« Was sollte ich dazu sagen? Wahrscheinlich wäre ich nicht minder überrascht – und enttäuscht – gewesen, hätte er mir diese Antwort gegeben. Nach unserer Unterhaltung, es war absurd. Man wollte, dass das Leid aufhörte und folgte ihm doch? Ich wurde mir der Bandagen an meinen Armen plötzlich überdeutlich bewusst. Wie sie auf meiner Haut lagen, scheuerten, einengten. Einfach da waren!

»Warum hast du... gehofft?« Ich flüsterte und merkte erst jetzt, wie sich alles in mir anspannte. Dass ich es nicht mehr wagte, ihn anzusehen, sondern lieber auf den Boden starrte. Auf all dem Staub und Dreck, der dort Hügel entlang meiner Stiefel bildete.

»Nun w-weil...« Ein Räuspern und aus seiner Stimme war jedwede Melodie gewichen, nur um plötzlich einem Feuerwerk gleich zu explodieren. Ich verstand es kaum: »Vielleicht wären wir in dieselbe Richtung weitergezogen... du verstehst?«

Es kribbelte in meinem Bauch und das Gefühl jagte durch meinen ganzen Körper. Dieses Mal kicherte ich wirklich leise. Es war zu süß!

»Da hätte sich bestimmt ein Ziel gefunden«, sagte ich und es war die Wahrheit, »ich hab nur leider keine Wahl. Ich muss mit dem Heer weiterziehen.«

Es fühlte sich an, als schnürten sich die Bandagen immer enger um meine Arme. Meine Finger wollten zittern und konnten es doch nicht, als ich sie entschlossen gegen den Stamm drückte. Es tat weh, aber es war ein willkommener Schmerz, bedeutete er doch Ablenkung.

»Aber die hat doch jeder, wenn das Lager abgebaut wird.« Seine Überraschung war in Irritation umgeschlagen und war das ein Hauch von Tadel, der zwischen einzelnen Silben auftauchte?

Einer Belehrung gleich? Es wirkte fast so und ich fühlte mich, wie ein närrisches Kind. »Das weißt du doch, oder?«

Ich schnaubte, ohne es wirklich zu wollen. Natürlich wusste ich das. Jeder hier wusste das! Allerdings gab es einen kleinen aber feinen Unterschied:

Er, wie jeder andere Kämpfer auch, konnte gehen, sobald die Schlacht geschlagen war. Ich, eine Verfluchte hingegen, hatte zu bleiben. Nicht, weil ich es so wollte, sondern weil die Gesetze des Landes es so vorsahen. Zum Schutz der eigenen Bevölkerung und um uns im Kampf zu ermöglichen, den Fluch schnell auszubrennen. Ich konnte nicht abstreiten, dass es so war – für die meisten – aber mögen musste ich es ja dennoch nicht, oder? Der Kampf war nicht meine Welt und würde es auch niemals werden.

Tief einatmen, Finya. Nicht hineinsteigern. Das würde helfen und ich tat es ein weiteres Mal, als die kühle Luft in meinen Lungen tatsächlich so etwas wie Ruhe mit sich brachte.

Ich schüttelte den Kopf. Weg mit den Gedanken!

»Nicht?«, fragte er. »Ach Finya!«

Er hatte es falsch verstanden. »Ich weiß um die Regeln.«

»Und trotzdem willst du freiwillig weitermachen?«

»Ja.«

Nun war er es, der ein Schnauben ausstieß. Er schüttelte den Kopf und sein Blick brannte auf mir. Ich hätte mich darunter winden können. »Warum?«

Es wäre so einfach, es ihm zu erklären. Ich müsste dafür nur die Bandagen von meinen Armen lösen und ihm meine Hände zeigen. Aber damit wäre auch der Abend beendet.

Ist er das nicht ohnehin schon? Ich seufzte. Ja, denn wenn ich jetzt keine verständliche Antwort gab, würde er gehen und mit ihm all die Hoffnung, die heute in meiner Brust erwachsen war. All die kleinen Bilder, all das Flattern. Ich wollte es nicht.

Ich löste den Verband, bis unter den dicken Schichten der Bandagen meine blasse Haut zum Vorschein kam. Und mit ihr all die zarten Linien, die sich so lange durch meine Haut fressen würden, wie sie Kraft daraus schöpfen könnten. Es war ein Hauch nur, nicht mehr und trotzdem das, was mich zeichnete. Mein Fluch.

Die Luft glitt kühl um meine Finger. Ich hatte ganz vergessen, wie sich das anfühlte und ballte sie zu Fäusten, als eine Brise um sie flüsterte. Wie ungewohnt. Dann streckte ich sie ihm zitternd entgegen. »Deshalb. Mich hat der Magiefluch getroffen.«

Er würde gehen. Natürlich würde er das. Niemand war geblieben, nachdem er vom Fluch erfahren hatte. Warum sollte er der erste sein? *Weil er dich mag, Finya.* Ich wollte schnauben und konnte es doch nicht. Da war keine Kraft für. Und ohnehin, gemocht hatten mich viele, aber das hatte niemanden davon abgehalten, sein Heil in der Flucht zu suchen. *‚Verflucht bist du?*

Bleib' von mir!' Und ängstliche Hände vor der Brust.

Ich ließ den Kopf hängen. War der Sand nicht interessant? Und wenn man es sehen wollte, konnte er im Licht des Feuers sogar matt glitzern. Zumindest irgendwie.

Eine Träne rollte über meine Wange und tropfte zu Boden. Eine Zweite und ich wischte sie wütend mit meinen Stiefeln vom Boden. Nicht! Nicht, so lange er noch da war.

In meinen Hals zog ein Schluchzen und schnürte mir langsam die Kehle zu. Der Boden unter mir, eine einzige, verschwommene Masse.

Stille und das einzige, was ich hörte, war Rauschen und dazwischen das Pochen meines Herzens. Dann umfasste etwas meine Hände und ich stieß einen

Schwall Luft aus. Hatte ich sie angehalten? Ich hatte es nicht gemerkt.

Seine Berührung war hauchzart, wie der Kuss der Morgensonne, als er eine einzelne Linie nachzeichnete. Was... was tat er da?

»Nicht!« Abrupt jagte mein Kopf in die Höhe und meine Muskeln verkrampften. Hatte er denn keine Angst?

»Ich wusste gar nicht, dass du mit derartiger *Macht* gezeichnet bist.« Er sah auf, als er das Ende der Linie knapp über meinem Ellenbogen erreicht hatte. Der Ausdruck auf seinem Gesicht undurchsichtig, aber nicht ablehnend oder verängstigt.

Macht? Ich schüttelte den Kopf. Nein, das war keine Macht. Es war ein Fluch im Kleid schrecklicher Gewissheit: Alles würde sich ändern.

Er tanzte entlang einer weiteren Linie und stoppte an meinem Unterarm »Sie sind alle so kurz, so dünn.«

»Ja«, flüsterte ich. Meine Lippen bebten und da war noch eine Träne.

»Es wird lange dauern.« Lange? Das war gar kein Ausdruck. Eine *Ewigkeit,* das traf es besser. Zumindest fühlte es sich so an, denn lange war ich bereits hier und zog von Muster zu Muster.

»Wahrscheinlich.« Und meine Stimme zitterte.

Er rutschte näher. So nah, dass ich seine Wärme auf meiner Haut spürte. Ein Prickeln, ganz sanft, das sich über die Trauer legte.

»Kannst du mich jetzt besser verstehen?« Sein Daumen fuhr über meine Wange. Die Berührung wie der erste Sonnenstrahl nach langer Nacht. Ich wollte meinen Kopf gegen seine Hand lehnen, doch sie verschwand so schnell, wie sie gekommen war.

»Viel besser.« Warum klang er so glücklich dabei? So melodisch? »Wie lange kämpfst du schon damit?«

Das... das! Meine Augen wurden groß. Das hatte noch nie jemand gefragt!

»Oh, ich wollte nicht...« Er zog den Kopf ein und die Farbe wich aus seinen Zügen.

»Nein, nein.« Dieses Mal griff ich nahm ihm. »Es hat nur noch nie-« *egal, er hat!* Ich schüttelte den Gedanken ab. »Ich weiß es nicht mehr. Ich kann mich nur noch daran erinnern, wie es begonnen hat. An diese bittere Kälte.«

Mitten im Sommer und an dutzende Heiler, die an meinem Bett standen. An die vielen Wärmewickel, die helfen sollten und es doch nicht taten. An die ratlosen Gesichter. Und dann war eine erste Linie erschienen. Eine Spirale an meinem Finger, die ich so faszinierend schön fand und die meine Mutter doch hinter einem Flüstern so bitterlich zum Weinen gebracht hatte: *»Aber ich hab' doch gebetet.«*

Mir war, als legte sich ein Stein auf meine Brust, ein Frösteln, als Bilder in meinem Kopf auftauchen wollten.

»Finya?« Ich blinzelte und sah direkt in diese hellen Augen. »Keine Angst, es ist alles gut.« Es hätte Balsam auf meiner Seele sein können. Wohltuend, heilend und ich wollte es glauben, wollte es wirklich glauben. Nur wie sollte ich? Ich hatte doch nicht einmal die Kontrolle über mein eigenes Leben, sondern beobachtete nur, wie andere über meinen

Kopf hinweg entschieden. Nur den Fluch in mir sahen, keine Person. Und die Linien, die so dünn über meine Haut krochen, sprachen Bände: Es würde noch so lange dauern, bis ich wieder mehr war, als Verfluchte. Wenn es überhaupt dazu kam.

Seine Finger strichen über meine Hände. Über die nackte Haut. Ich wollte erschauern und zuckte doch zusammen. Er trägt ja gar keinen Schutz! Oh, verdammt!

»Steck' dich nicht an.« Ich wollte ihm meine Hände entziehen, doch er hielt sie fest in seiner Umklammerung. Nicht unangenehm und doch musste ich schlucken. Was tat er da? Niemand wusste, ob Berührungen allein bereits den Fluch übertragen konnten – oder ob es andere Gründe gab. Es war kein Risiko, das ich eingehen wollte. Nicht bei ihm. Das hatte er nicht verdient. »Bitte.«

»Keine Angst«, seine Stimme war wie eine lang ersehnte Umarmung, »so funktioniert das nicht.«

Nicht? Ein Feuer in meiner Brust. Ein Funken Hoffnung, der glitzern wollte. Nur... Woher wollte er das wissen? *Er ist ein Elf, Finya. Vielleicht wissen die mehr?* »Bist du dir sicher?«

Er grinste schief und zuckte mit den Schultern. »Nein.«

Der Funke erlosch, noch ehe er richtig hätte glitzern können.

»Es ist auch egal. Ich würde ihn mit dir zusammen durchleben.«

Was? Meine Augen wurden groß und energisch schüttelte ich den Kopf. Nein, nein, nein. »Nein!«

Er meinte es ernst, das sah ich ihm an. Seine Haltung, seine Augen, das Lächeln. Warum war er so leichtfertig? Warum das alles... für mich?

»Du weißt nicht, wovon du da redest«, flüsterte ich. Er wusste nicht, wie es war, wenn der Fluch aus einem herausbrach. Haus und Hof verschlang, mit unsichtbaren Händen um sich griff und zerstörte, was greifbar war. Wie einsam es wurde, wenn man weggeschickt wurde von denen, die man doch liebte. Die Angst in ihren Augen zu sehen hinter all den Tränen.

»Du weißt es nicht«, wiederholte ich. »Und ich möchte nicht, dass du es durchleben musst.«

Sein Strahlen verblasste und er kratzte sich am Hinterkopf. »Aber der Fluch ist endlich und... entschuldige, ich hätte es nicht sagen sollen.«

Nicht derart leichtfertig als Unbeteiligter, ja.

»Schon gut«, sagte ich dennoch und seufzte, ehe ich leise anfügte: »Danke... Und weißt du, du bist der erste, der geblieben ist.«

Und nicht nur das.

»So?«, fragte er. »Bei jemandem wie dir dachte ich...« Da war ein Schimmer auf seinen Wangen, der bis hinauf zu seinen Ohren reichte. Er sprach es nicht aus.

Ich hielt den Atem an und etwas in mir flatterte, wie ein Schwarm Vögel. Die Andeutung, die Andeutung allein!

Er räusperte sich und seine Wangen wurden noch dunkler. »Wenn das nicht gewesen wäre... was hättest du werden wollen?«

Der Themenwechsel kam abrupt, aber ich störte mich nicht daran.

»Tänzerin«, sagte ich und ein Lächeln formte sich auf meinen Lippen.

Das Wort allein und meine Gedanken leuchteten. Wärme in jeder Faser meines Körpers und eine Melodie in meinem Kopf, zu der meine Gedanken in Kleid und Tüll über einen Parkettboden schwebten.

»Tänzerin?«, wiederholte er und seine Augen erstrahlten voller Wärme.

Ich nickte. »Die Geschichten, die man mit Pirouetten erzählen kann. Durch Haltung und kleine Gesten, ich liebe es einfach. Genauso wie das Gefühl von Freiheit, während man durch Schritte wirbelt.«

Ein Lachen neben mir, glockenhell und herrlich klar, das mich völlig in seinen Bann schlug. Ich schloss meine Augen und badete in dem Kribbeln, das es durch meinen Körper jagte. In der Wärme, in meinem Bauch, dem Flattern – in allem! – und ich konnte nicht anders, als leise mit einzustimmen.

Dann erhob er sich abrupt und wo eben noch Wärme war, wo ich mich gerade noch aufgehoben und gut gefühlt hatte, griff nun Kälte nach mir und ließ mich erschauern. Ich fröstelte und wusste nicht, was passiert war. Was anders war.

Seine schlanken Finger erschienen vor mir. »Darf ich bitten?«

»Was?«, sagte ich und schüttelte den Kopf. Ich verstand nicht?

Seine Hand winkte auffordernd und als ich sie ergriff, zog er mich galant auf die Beine. Die andere ein Hauch auf meiner Hüfte, während seine rechte Hand meine fest umschloss.

»Welche Geschichte möchtest du heute erzählen?« Unsere Blicke trafen sich und mir wurde heiß und kalt zugleich. Diese Augen! Ich hatte tatsächlich das Gefühl, dass sie auf den Grund meiner Seele sahen und jede meiner Wahrheiten ans Licht förderten.

Meine Kehle fühlte sich trocken an. Jetzt hier mit ihm... es gab nur eine Geschichte, die ich erzählen wollte: »Die einer verliebten jungen Frau.«

Mein Herz hämmerte gegen meine Brust. Schmetterlinge flatterten in meinem Bauch und von dort durch meinen

Körper. Seine Berührung hinterließ ein Prickeln auf meiner Haut.

Meine Wangen wurden rot und hier und jetzt, war es nicht nur eine Geschichte, die ich erzählen wollte. Es war ein Geständnis an ihn.

Vielleicht würde er es verstehen, vielleicht nicht. Aber es würde ein Moment werden, den ich nie vergessen würde.

»Oh, tatsächlich?« Er beugte sich zu mir herab. Seine Haare kitzelten über meine Wangen und seine Stimme war ein melodischer Hauch an meinem Ohr. »Die erzähle ich mit dir nur zu gerne.«

Meine Knie wurden weich. Er hatte es verstanden.

»Nur mit dir.«

Er führte mich sanft durch all den Schmutz des Lagers, zeichnete mit mir

Kreise in den Staub, während der Schein des niederbrennenden Lagerfeuers unsere Schatten über die Zeltwände flackern ließ.

Zum ersten Mal seit Jahren hatte ich das Gefühl frei zu sein, genoss es, wie meine langen Haare um mich herum wirbelten und wie er mich zu immer neuen Pirouetten leitete, bis mir schließlich ein glockenhelles Lachen über die Lippen perlte.

Als wir uns am Ende eines langen Abends lächelnd, aber vollkommen außer Atem gegenüberstanden und ich wusste, dass es nun Zeit werden würde, sich für die Nacht zu verabschieden, war ich es, die meine Hände erst an seine Seiten legte und ihn dann in eine Umarmung zog.

Auch seine Arme schlossen sich um mich und als ich mich auf die Zehenspitzen stellte, um ihm einen Kuss auf die Wange zu geben, drehte er seinen Kopf. Ich spürte ein Lächeln unter seinen Lippen.

Ein Sturm brach in mir los und war wirklich froh, dass er mich noch immer hielt.

»Treffen wir uns morgen wieder?«, flüsterte er leise. »Jetzt, wo ich mich endlich getraut habe.«

Ich wusste nicht, womit ich das verdient hatte. Aber ich wollte es auch nicht in Frage stellen.

»Ja«, gab ich zurück. »Immer.«

Es würde eine Zeit kommen, da mussten wir getrennte Wege gehen. Aber warum jetzt daran denken? Das waren Probleme für morgen, nicht für Jetzt.

Ich lächelte und er strich mir eine Strähne aus dem Gesicht. »Du bist so schön, wenn du lächelst.«

Und später, viel später nach dutzenden anderen Heerlagern:

»Bleib bei mir, bitte.« Ein Flüstern in der Nacht. Ein Hauch an meinem Ohr.
Danach weiche Lippen und ein Sturm in meinen Körper umfangen von hellen Augen und sanften Berührungen. »Das Leben ist so viel mehr als das.«

A world free - Epilog

„Und, was sagst du?", fragte der Elf.

Die Frau sah sich um. Die Augen weit, der Mund geöffnet. Über ihr nichts als Baumkronen in denen kleine Häuser hingen. Und zwischen den Ästen: schimmerndes Licht und strahlende Wärme.

„Ich hab es mir ganz anders vorgestellt." Ein Dorf wie ihres, ein paar Hütten um einen weiten Platz. Das hier war so viel mehr, so viel freier. „Ich liebe es."

Die Augen des Elfen leuchteten und sie spürte seine Hand in ihrem Rücken. Eine Wärme, die ihr Herz berührte.

Ein Lächeln formte sich auf ihren Lippen und sie sah wieder hinauf. Zu Blatt und Zweig, zu Ast und Stamm und den vielen kleinen Plattformen und Brücken dazwischen. Der Wind ein Rascheln im Geäst, ein feiner Singsang, der in ihr widerhallte.

„Möchtest du bleiben?" Eine leise Frage in der Stille. „Jetzt, wo alles vorbei ist?"

Der Fluch, der Kampf, eine ferne Erinnerung. Nur sie selbst noch gezeichnet mit diesen Mustern auf der Haut. Sie würden nie verblassen, die Blicke niemals Enden, das Geflüster – *Guck', sie war eine von denen!*

Ja, eine von denen, die gekämpft hatten. Eine von denen, die das Muster geschlossen und die Dämonen zurückgedrängt hatten. Dahin, wo sie herkamen, mit ihren eigenen Waffen, der Krankheit, die sie mit sich gebracht hatten: der Magie.

Sie könnten es noch immer übertragen! Sie ist noch nicht vollständig bedeckt! Die Frau hatte sie gesehen, die vielen Massen um Rednerpulte, die Menschen mit glitzerndem Schmuck und Hüten dahinter. Sie alle hatten ein kaltes Lächeln getragen und Worte verbreitet, die die Masse zum Jubeln brachte. Kälte gesät. *Verstecken, verstecken! Weg mit ihnen!* Ihr war so kalt geworden.

Dieser Wald hingegen. Er neben ihr...
Es war so anders.

„Ja", sagte sie leise und wandte sich zum Elfen. Auch auf seiner Haut, feine Linien. Niemand hatte etwas dazu gesagt. Niemand der seinen. „Wenn ich bleiben darf."

Seine Arme umfingen sie, seine Lippen ein warmes Lächeln. „Natürlich. Immer."

Zeitfracht Medien GmbH
Ferdinand-Jühlke-Straße 7
99095 Erfurt, Deutschland
produktsicherheit@kolibri360.de